KB260666

송홍만 제9시집

묻어 온 가랑잎 한 장

광야를 돌아보며

한누리
미디어

동서남북東西南北 가고 오는 것이 고되고 힘들다고 하지만, 긴 공직생활公職生活 속에서 다녀보지 못한 곳이 많아 즐겁기만 합니다. 그러다가 한 해가 이렇게 저물어 가고 있습니다.

"나의 거룩한 산山 모든 곳에서 해害함도 없고 상傷함도 없을 것이니, 이는 물이 바다를 덮음같이 여호와를 아는 지식이 세상에 충만할 것임이니라."(이사야서 12장 9절)

하나님의 거룩한 산을 바라보며 걷기도 하고.

"공자님은 요堯 임금과 순舜 임금을 조종祖宗으로 이어받고 문왕文王과 무왕武王의 법도法道를 밝히셨으며, 위로는 하늘의 뜻을 법으로 삼고, 아래로는 물과 흙의 이치를 따랐다."(중용中庸)

"군자君子는 두루 통하면서도 편파적偏頗的이 아니지만, 소인小人은 편파적偏頗的일 뿐 통하지 못한다."(논어論語)

이 말씀이 새삼 깨달아지는 한 해였습니다.

"병病 없는 것이 제일의 이利로움이요, 족足할 줄 아는 것이 제

송홍만 제9시집

일의 부자富者요, 믿음이 있는 것이 제일의 친親함이요, 깨달음
이 있는 것이 제일의 낙樂이다.”(법구경法句經)

  이런 저런 말씀을 되돌아 보다가 살고 있는 광야曠野를 돌아보
며 부족不足한 내 자신自身을 돌아보았습니다.
  한 해 동안 모은 시를 제9집으로 엮어주신 한누리미디어 김재
엽 사장님께 깊은 감사를 드립니다.

2005. 10.

송 홍 만

제2부
고향 언덕 위에서

제3부
산새와의 만남

송홍만 제9시집

제4부
살맛이 나는구나

제1부

광여를 돌아보며

서시序詩

무성한 엉겅퀴, 피의 호소,
원망, 다툼, 불평뿐이라

사나운 짐승, 전갈, 독사 가득해
죽을 수밖에 없는
물 없고 메마른
그 광야를
하나님은 이끌어 주시었도다.

하나님은 모세를 지팡이로 삼아
종 되었던 우리를 애굽에서
아비가 어린 아이를 안고 가듯
바다를 가르고, 단물로, 마실 물로, 만나로, 메추라기로….
낮에는 구름 기둥, 밤에는 불기둥으로 지킬 계명 주시고
하나님 모시는 제사법, 세상과 구별되는 성결법 일러주시고

이제는
모압광야 비스가 산 위에서
광야를 돌아보며 바라보노라
젖과 꿀이 흐르는 가나안 땅을
해홌함도 상傷함도 없는 새 하늘과 새 땅을

바라보노라.

하나님이 다스리시는 나라를 바라보노라.

가시덤불과 엉겅퀴 자라는 광야

(창세기 3장)

하나님은 말씀으로 하늘과 땅을 지으시고,
그 안에 모든 것을 보시기에 좋게 만드시고,

하나님의 형상대로 아주 보기 좋게
아담과 그의 배필 하와를 만드시어

손수 가꾸신 에덴동산에 살라 하시며
단지, 선악을 알게 하는 나무의 실과만은
먹지 말라 당부하셨건만,

아담과 하와는 이를 어기고 따먹었기에
하나님은 이들을 에덴동산에서 쫓아내어
가시덤불과 엉겅퀴가 나는 광야에서
땀 흘려야 식물을 먹을 것이고
마침내는 흙으로 돌아가리라 하시었다.

아담과 하와는 나의 조상이요,
아니 나이오니,
주님 주신 말씀 어기어
그 좋은 에덴동산에서 쫓겨나지 않게 하소서.

피 소리 호소 된 광야

(창세기 4장)

농사짓는 가인은 땅의 소산으로,
양을 치는 아벨은 양의 첫 새끼와 그 기름으로
제물을 삼아
여호와께 제사를 드렸더니

여호와께서는
아벨과 그 제물은 기쁘게 받으셨으나,
가인과 그 제물은 그렇지 않으신지라
가인이 심히 분하였다.

가인과 아벨이 들에 있을 때에
가인이 아벨을 쳐 죽이니

여호와께서
아벨의 피 소리가 땅에서부터 내게 호소하느니라
네가 밭을 갈아도 땅이 다시는
그 효력을 네게 주지 아니 할 것이요
너는 땅에서 피하여 유리하는 자가 되리라.

선을 행치 않고 분을 품어 살인까지 한 광야

오늘 분을 품고 이웃을 죽이고 있습니다.
무서운 벌을 사하여 주시옵소서.

송홍만 제9시집

하갈이 도망한 수르광야

사래의 여종 하갈이 주인집을 뛰쳐나와
방황하던 수르광야

술길 샘물 곁에서
여호와의 사자를 만나

내가 네 자손으로 크게 번성하여
그 수가 많아 셀 수 없게 하리라.

네가 잉태하였은즉 아들을 낳으리니
그 이름을 이스마엘이라 하리라.

여호와께서
네 고통을 들으셨음이니라.

오늘 주님의 집을 뛰쳐나와
방황하고 있나이다.
주여 용서하여 주시옵소서.

미디안 광야

(출애굽기 3장)

내 동족同族을 위한다는 나름대로의 생각으로
히브리 사람을 때리는 애굽 사람을 죽인 그 다음날
히브리 사람끼리 다투는 것을 보고
타일러 다툼을 말리려 했으나
오히려 그들은 관가에 고발을 한다.

모세는 먼 땅 미디안으로 도망하여
양을 친다.

사람의 생각으로는 민족을 인도하기 어려움을
그 미디안 광야에서야 깨닫는다.

여호와 하나님은
여호와의 산 호렙
떨기나무 한 가운데서
모세야 모세야 부르시어
내가 너를 바로에게 보내어
너로 네 백성 이스라엘 자손을
애굽에서 인도하여 내게 하리라고
당부하신다.

오늘 주님 주시는 당부의 말씀
듣게 하여 주시옵소서.

형제가 만난 광야

(출애굽기 3장)

모세는 주여 보낼 만한 자를 보내소서
자신 없게 대답하니

여호와께서
레위 사람 네 형 아론이 있지 아니 하뇨

그가 너를 만나러 나오나니
그가 너를 볼 때에 마음에 기뻐하리라고 하신다.

여호와께서
아론에게 이르시되
광야에 가서 모세를 맞으라 하시매

아론이 하나님의 산에서
모세를 만나 입 맞추고 여호와의 말씀 따라

모세와 아론이 가서
이스라엘 자손의 모든 장로를 모으고
여호와께서 하신 모든 말씀을 전한다.

하나님 주신 사명을 형제가 받들고

가슴 설레이며 서 있던 그 광야

오늘
주님 주시는 사명
감당하게 하소서.

여호와의 밤이 깃든 광야

(출애굽기 12장 13장)

이스라엘 백성이 애굽에서
430년간의 종살이를 마치던 그 날

기쁜 마음으로 나오던
그 여호와의 밤 어찌 잊으리요

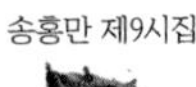

라암셋에서 떠나 숙곳에 이르니
이제 광야의 길은 시작이 되니

낮에는 구름 기둥
밤에는 불기둥으로

여호와는 백성 앞을 떠나시지 아니 하고
인도를 하신다.

여호와의 밤이 깃든 오늘
기쁘고 즐겁게 순종하게 하소서.

감사의 찬양이 울려 퍼지는 광야

(출애굽기 14장 15장)

바로의 군대는 뒤에 이르고
앞에는 깊은 바다 홍해라.

백성들은 애굽에 매장지가 없어
이 광야에서 죽게 하느냐 원망하고

모세는 여호와께서 싸우시리니
너희는 가만히 있으라 달랜다.

여호와께서 하라신 대로
모세가 손을 들어 바다위로 내어미니

물은 갈라지고
바다는 마른 땅이 된지라.

백성들은 여호와를 찬송하며
여호와는 높으시고 영화로우시어
말과 그 탄자를
바다에 던지셨노라 노래하며 감사하도다.

오늘
감사하며 노래부르도다.

쓴 물 나는 광야

(출애굽기 15장)

수르 광야에서 사흘 길을 걸어도
마실 물을 얻지 못한 채 마라에 이르니

그곳 물이 써서 마시지 못하자
백성은 무엇을 마시겠냐며 원망을 하매

여호와께서 물을 치라 하신데
모세는 나무를 물에 던지니
물은 달아졌다.

그러나
치라 하신 대로 아니 하고
나무를 던졌기에

가나안 땅 바라만 보게 된
우리의 지도자 모세가 안타까워라.

오늘 나 서있는 이곳 쓴 물도
주님의 말씀 순종하면
단물로 변할 줄을 믿습니다.

메추라기와 만나가 내린 신 광야

(출애굽기 16장)

에림과 시내산 사이
신 광야에 이르러 백성들은

애굽 땅에서 고기 가마 곁에 앉았던 때와
떡을 배불리 먹던 때에
여호와 손에 죽었다면 좋았을 것을
이 광야에서 주려 죽게 되었다며
모세와 아론을 원망한다.

여호와께서
보라 내가 너희를 위하여
하늘에서 양식을 비 같이 내리리니
너희는 나가서 일용日用할 것을
날마다 거둘 것이라 하신다.

저녁에는 메추라기를 주시어 먹이시고
아침에는 만나를 주시어 배불리 하셨다.

아 오늘도 부족함 없이 내려주심을
감사합니다.

르비딤 광야

(출애굽기 17장)

백성百姓들이
우리에게 물을 주어 마시게 하라.
당신이 어찌하여
우리를 애굽에서 인도하여 내어서
우리와 우리 자녀子女와 생축生畜으로
목말라 죽게 하느냐
원망怨望하여 돌질하려 하자

여호와 하나님은 모세에게
하수를 치던 네 지팡이를 손에 잡고
호렙산 반석盤石을 치라 하시매
그대로 하여 물이 나서 백성들이 마시었다.

아말렉과의 싸움에서
모세가 손을 들면 이스라엘이 이기고
모세가 손을 내리면 아말렉이 이기었다.

모세는 단을 쌓고
"여호와 닛시"라 하였다.

오늘도

지은 죄 용서하시고
반석을 쳐서 샘물 주시고
시시 때때로 마귀와 싸움에서
주님 손들어 주시어
승리하게 하여 주심 감사하나이다.

시내 광야

(출애굽기 19장 20장 31장)

시내 산 광야曠野에 이르러
산 앞에 장막을 치었다.

아침에 우레와 번개와 빽빽한 구름이 산 위에 있고
시내 산에 연기煙氣가 자욱하니
이는 여호와께서 불 가운에 강림降臨하심이라.

모세를 부르시니 모세가 올라가매
나는 너를 애굽 땅, 종 되었던 집에서 인도引導하여 낸
너의 하나님 여호와로라 하시며

십계명十誡命을 말씀하시기를 마치시고
증거판證據板 둘을 모세에게 주시니

이는 돌판이요
하나님이 친히 쓰신 것이더라.

생생하게 말씀하시고
친히 기록記錄하여 주신 계명을
듣고 보았습니다.
주신 말씀
마음 판에 새기게 하옵소서.

우상숭배의 광야
(출애굽기 32장)

모세가 산에서 내려옴이 더디자
백성들은 우리를 인도할 신을 만들자는 성화에

아론은 백성의 아내와 자녀의 금고리로
금송아지를 만드니

백성들이 이 금송아지는
애굽에서 인도하여 낸 너희의 신이로다 하더라.

모세는
슬프도소이다.
이 백성이 자기를 위하여
금신을 만들었사오니
큰 죄를 범하였나이다.

이런 저런 이유로
오늘 우상을 만들어 숭배하고 있음을
용서하여 주시옵소서.

만나와 메추라기 주신 바란 광야

(민수기 10장 11장 출애굽기 16장 13절)

구름이 증거막證據幕에서 떠오르며
이스라엘 자손이 시내 광야에서 출발하여
바란 광야에서 구름이 머무니라.
여호와께서 모세에게 명하신 대로
진행을 시작하였다.

모세는 기도하도다.
궤가 떠날 때에는,
여호와여 일어나사
주의 대적들을 흩으시고
주를 미워하는 자로
주의 앞에서 도망하게 하소서
궤가 쉴 때에는
여호와여
이스라엘 천만인에게로 돌아오소서.

바람이 여호와에게서 나와
바다에서부터 메추라기를 몰아
진 곁 이편 저편 하루 길 되는 지면 위에
두 규빗 쯤 내리게 하셨도다.

저녁에는 메추라기가 와서 진에 덮이고
아침에는 이슬이 진 사방에 있더니
그 이슬이 마른 후에 광야지면에
둥글며 서리같이 세미한 만나를 주셨도다.

원망하며 불순종하는 오늘
만나와 메추라기를 주시는 하나님 감사합니다.

가나안 탐지한 결과를 보고 받은 바란 광야

(민수기 13장 14장)

각 지파의 족장族長 된 자 한 사람씩
가나안 땅을 탐지하라는
여호와의 명을 좇아
모세는 그들을 바란 광야에서 보냈다.

그들이 40일 동안 탐지를 마치고 돌아와
모세, 아론, 이스라엘의 자손의 온 회중會衆에게
가나안 땅에 간즉, 과연 젖과 꿀이 흐르고
이것은 그 땅의 실과니이다.
그러나,
그 땅 거민居民은 강하고
성城은 견고하고 심히 클 뿐 아니라
거기서 네피림의 후손 아낙자손 대장부를 보았고,
우리는 스스로 보아도 메뚜기 같아
능히 올라가서 그 백성을 치지 못 하리라.
그들은 우리보다 강하다고 한다.

갈렙은
우리가 곧 올라가서 그 땅을 취하자
능히 이기리라고 한다.

온 회중이 소리 높여 부르짖으며 밤새워 곡하며
우리가 애굽 땅에서 죽거나
이 광야에서 죽었다면 좋았을 것을
어찌하여 여호와가
우리를 그 땅으로 인도하여
칼에 망하게 하려 하는고
우리 처자가 사로잡히리니
애굽으로 돌아가는 것이 낫지 아니 하냐며
원망을 한다.

여호수아와 갈렙이
우리가 두루 다니며 탐지한 땅은
심히 아름다운 땅이라.
여호와께서 우리를 기뻐하시면
우리를 그 땅으로 인도하여 들이시고
그 땅을 우리에게 주시리라.
이는 과연 젖과 꿀이 흐르는 땅이니라.
오직 여호와를 거역하지 말라.
또 그 땅 백성들을 두려워 하지 말라.
그들은 우리 밥이라.
그들의 보호자는 그들에게서 떠났고

여호와는 우리와 함께 하시느니라.
그들을 두려워 말라고 한다.

여호와께서
나의 영광과
애굽과 광야에서 행한 나의 이적을 보고도
이 같이 열 번이나 나를 시험하고
내 목소리를 청종치 아니 한
그 사람들은
내가 그 조상들에게 맹세한 땅을 결단코 보지 못할 것이요
또 나를 멸시하는 사람은
하나도 그것을 보지 못 하리라 하신다.

오늘도 말씀 듣고
주님의 손길 보고도
순종치 아니 하고 원망을 번복하오니
용서하여 주시옵소서.

놋 뱀의 광야

(민수기 21장)

에돔 땅을 돌아서 가야 하는 긴 여정에
마음이 상한 백성들은

어찌하여 우리를 애굽에서 인도하여 올려서
이 광야에서 죽게 하는고
이 곳에는 식물食物도 없고 물도 없다며
원망을 한다.

여호와께서
불 뱀들을 백성 중에 보내어 물게 하심에

모세가 백성들을 위하여 기도하니

여호와께서 모세에게
불 뱀을 만들어 장대 위에 달라
물린 자마다 그것을 보면
살리라 하시어
놋 뱀을 쳐다본즉 살더라.

오늘 원망 가득하고 불순종 중에도
놋 뱀을 바라보며
주신 은혜를 감사합니다.

아라바 광야
(신명기 1장 2장 8장)

모세가 요단 저편 숲 맞은편의 아라바 광야에서
이스라엘 무리에게 신명기의 말씀을 선포한다.

여호와께서
너희의 열조, 아브라함과 이삭과 야곱에게 맹세하사
그들과 그 후손에게 주리라 하신 땅이
너희 앞에 있으니 너희는 들어가서 얻을지니라.

네 하나님 여호와가
너의 하는 모든 일에 네게 복을 주고
네가 이 큰 광야에 두루 행함을 알고
이 사십년 동안을 너와 함께 하였으므로
네게 부족함이 없었느니라.

네 하나님 여호와께서 이 사십년 동안에
너로 광야의 길을 걷게 하신 것을 기억하라.
이는 너를 낮추시며 너를 시험하사
네 마음이 어떠한지
그 명령을 지키는지 아니 지키는지 알려 하심이라.

만나를 네게 먹이신 것은

사람이 떡으로만 사는 것이 아니요
여호와의 입에서 나오는 모든 말씀으로 사는 줄을
너로 알게 하려 하심이니라.

이 사십년 동안에
네 의복이 해어지지 아니 하였고
네 발이 부르트지 아니 하였느니라.

그렇습니다.
연약한 몸과 마음이
주시는 만나와 메추라기 먹고
부족함이 없었나이다.

모세의 노래가 퍼진 광야

(신명기 32장)

모세가 이스라엘 총회에게
말씀을 노래로 읽어 들리니라.

하늘이여 귀를 기울이라
내가 말하리라.
땅은 내 입의 말을 들을지어다.

여호와께서 자기 백성을
황무지에서
짐승이 부르짖는 광야에서
만나시고 호위하시며 보호하시며
자기 눈동자 같이 지키셨도다.

이는 마치
독수리가 그 보금자리를 어지럽게 하며
그 새끼 위에 너풀거리며
그 날개를 펴서 새끼를 받으며
그 날개 위에 새끼를 업는 것 같이
홀로 그들을 인도하셨도다.

살아온 하루하루가

숨쉬는 순간순간을
훈련시켜 주시고
눈동자와 같이 지켜 주신 은혜
너무 감사하여 눈물겹습니다.

요단 이편 광야

(신명기 3장 34장)

우리가 요단 강 이편 땅, 아르논 골짜기와 헤르몬 산까지 취한 때에
모세는 다시 여호와께 간구한다.

주 여호와여, 주께서 그 크신 권능을
주의 종에게 나타내기를 시작하였사오니
천지간에 무슨 신神이 주의 행하신 일을 행하리요
구하옵나니, 나로 건너가게 하사
요단 저편에 있는 아름다운 땅, 아름다운 산과,
레바논을 보게 하옵소서

여호와께서
너는 비스가산 꼭대기에 올라가서
눈을 들어 동서남북東西南北을 바라보고
네 눈으로 그 땅을 보라
네가 이 요단을 건너지 못할 것임이니라.

모세가 비스가산 꼭대기에 이르매
여호와께서
이는 내가 아브라함과 이삭과 야곱에게 맹세하여
그 후손에게 주리라 한 땅이라.

내가 네 눈으로 보게 하였거니와
너는 그리로 건너가지 못하리라.

여호와의 종 모세가
여호와의 말씀대로
죽어 장사되었다.

백발을 휘휘 날리며 주님의 지팡이로
백성의 앞장에 서서 광야를 굳세게 지나온 모세는
하나님과 백성 사이에서의 힘든 생을 마감하는
비스가산 솟은 모압 광야는 눈물의 광야로다.

베들레헴 광야

(누가복음 2장)

유다 땅 모든 사람이 호적戶籍하러
각각 고향으로 돌아가매

요셉도 정혼定婚한 마리아와 함께
베들레헴으로 올라가

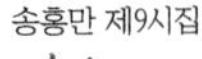

거기 있을 그 때에 해산解産할 날이 차서
맏아들을 낳아 강보에 싸서 구유에 넣었다.

그 때에 목자牧者들이 밖에서
밤에 자기 양 떼를 지키더니

주의 사자使者가 곁에 서고
주의 영광이 저희를 두루 비취매
크게 무서워 하는지라

천사가
무서워 말라.
보라 내가 온 백성에 미칠 큰 기쁨의 좋은 소식을
너희에게 전하노라.
너희를 위하여 구주救主가 나셨으니

곧 그리스도 주主시니라.
지극히 높은 곳에서는 하나님께 영광이요
땅에서는 기뻐하심을 입은 사람들 중에 영화로다.

이렇게 이른 새벽,
조용히 전해주신 복음,
주님도 조용히 오셨도다.

유대 광야

(마태복음 3장)

세례洗禮 요한이
회개悔改하라. 천국天國이 가까웠느니라.
외치는 소리가 있는 유대광야

주님의 길을 평탄平坦케 하라는
이사야 선지자先知者의 예언豫言이
이루어지는 광야曠野

이제 허락許諾하라
우리가 이와 같이 하여야
모든 의義를 이루는 것이 합당合當하리라 하시며
우리 주님 세례洗禮 받으신 광야曠野

하늘이 열리고 하나님의 성령聖靈이
비둘기 같이 주님 위에 임臨한 광야曠野

하늘로서 소리가 있어 말씀하시되
이 분은 내 사랑하는 아들이요
내 기뻐하는 자라 하신 광야曠野

거칠고 험악한 광야가

아름답고 좋은 광야로 변하였도다.
주님 내 마음 속에 임하소서.

주님 시험 받은 광야
(마태복음 4장)

주님께서 성령에게 이끌리어
마귀에게 시험을 받으러 광야로 가사
40일 밤낮으로 금식을 하신 후라 시장하셨다.

마귀가, 네가 만일 하나님의 아들이거든
명하여 이 돌들이 떡 덩이가 되게 하라 하여

주님께서
사람이 떡으로만 살 것이 아니요
하나님의 입으로 나오는 말씀으로
살 것이라 하시니

마귀는, 네가 만일 하나님의 아들이거든
뛰어 내리라 하여

주님께서
주 너의 하나님을 시험치 말라 하시니

마귀가, 내게 엎드려 경배하면
이 모든 것을 네게 주리라.

주님께서
사탄아 물러가라
주 너의 하나님께 경배하고
다만 그를 섬기라 하시니

마귀들이 떠나고,
천사들이 나아와서 수종 드니라.

오늘 주 하나님께 경배 드리고
주 하나님의 말씀으로 살게 하소서.

예수님 축사하신 광야

(마태복음 15장)

예수께서,
제자들을 불러 가라사대

내가 무리를 불쌍히 여기노라.
저희가 나와 함께 있은 지 이미 사흘이매
먹을 것이 없도다.

길에서 기진할까 하여
굶겨 보내지 못하겠노라.

제자들이
광야에 있어 우리가 어디서 이런 무리의 배부를 만큼
떡을 얻으리이까

예수께서
무리를 명하사 땅에 앉게 하시고
떡 일곱 개와 작은 생선 두어 마리를
가지사 축사祝謝하시고
떼어 제자들에게 주시니

제자들이 무리에게 주매

다 배불리 먹고, 남은 조각을 일곱 광주리에 차게 거두었으며,
먹은 자는 여자와 아이 외에 사천명이었더라.

오늘 나의 마음 속 빈들에도
주님 축사하사 생명 가득차게 하소서.

영생함을 주소서

(요한복음 3장 11장)

나는 죽었노라.
광야에서, 원망과 불평과 불순종하던
그 무리들 속에 섞여서 죽었노라.

나는 들었노라.
회개하라 천국이 가까웠느니라고
광야에서 외치는 자의 소리를.

나는 살았노라.
죽을 수밖에 없는 나의 죄로 돌아가신
주님의 십자가 보혈을 믿어.

부활이요 생명이신
주님을 믿어
영원히 죽지 아니 하리라.

오늘 날 주님의 음성을 들으면
광야에서
하나님을 시험한 것처럼
내 마음을 강팍케 아니 하겠나이다.

주여
날 위해 돌아가신 주님을 믿사오니
영생함을 주옵소서
영생함을 주옵소서.

출애굽 여정旅程

(민수기 33장)

라암셋 - 숙곳 - 에담 - 믹돌 - 하히롯 - (홍해) - 에담광야 -

마라 - 엘림 - 홍해 바닷가 - 신광야 - 돕가 - 알루스 - 르비딤 -

시내광야 - 기브롯 핫다아와 - 하세롯 - 릿마 - 림몬 베레스 -

립나 - 릿사 - 그헬라다 - 세벨산 - 하라다 - 막헬롯 - 다핫 -

데라 - 밋가 - 하스모나 - 모세롯 - 부네야아간 - 홀하깃갓 -

욧바다 - 아브로나 - 에시온 - 신광야(가데스) - 호르산 -

살모나 - 부논 - 오봇 - 이예아바림 - 디본갓 - 알몬디블라다임 -

아바림산 - 모압평지

제 2 부
고향 언덕 위에서

강화도江華島를 지나며

긴 다리 지나 바다를 건너도
강화도江華島는 섬이 아니다.

고개 넘으면 고개요
푸른 들 지나면 다시 푸른 들

몽골의 침략侵略을 피해
고려高麗 임금 38년간 계셨던
뼈아픈 역사歷史 속에도

팔만대장경八萬大藏經, 상감청자象嵌靑瓷
문화文化의 꽃이 피었던 아름다운 고장이다.

지는 해님 고운 노을 베푸니
머물고 싶은 아쉬움 안고

긴 다리 건너오는데
반달은 앞서 나선다.

결사대기념탑決死隊記念塔 앞에서

분통憤痛이 터져 튀어나온 저 큰소리
죽기로 작정하고 모여드는 젊은이들
들리고 보이도다.

밀물같이 다가오는 나당연합군羅唐聯合軍
나라 위해 모여든 오천五千의 결사대決死隊

처자식妻子息 몸소 잠재우고
젊은이들 앞에 선 군인軍人다운 장수將帥

"천하天下에 사람이 생겨난 지는 오래 되었으며,
세상世上은 한 번 다스려졌다가
한 번 어지러워지곤 해 왔다."
(天下之生 久矣 一治一亂 … 孟子)

찬란燦爛한 문화文化가 바스러진 안타까움
나이 먹어 생각하니 더욱 더 슬프구나

서글픈 마음 달랠 길 없어
양지바른 잔디 위에 내 집처럼 누우니

흙내, 풀내,
그리고, 이 땅을 지켜온 임들의 의로움
물씬 풍긴다.

술 한 잔 부어 올리고
내 마음 주고 받아본다.

송홍만 제9시집

계양산桂陽山 오르며

오래 바라던 일 이루어지면
이리도 즐겁구나.

오가며 바라보던 한남정맥漢南正脈 힘찬 꼬리
계양산桂陽山을 새해 아침에 오른다.

백제百濟 고구려高句麗 신라新羅
삼국三國이 다투어 차지하더니

오늘 우리는 이 길, 저 길로
가득하게 산을 오른다.

퇴뫼식 계양산성桂陽山城 성돌 사이로
나라 지킨 군사軍士의 가쁜 숨소리 들린다.

계수桂樹나무 회양목回楊木 자생단지自生團地가 있어
계양산桂陽山이란다.

한강漢江은 유유悠悠히 흐르고
둘러선 산들은 발 아래로 다가선다.

북한산北漢山 아래
배달倍達의 민족民族은 둥지를 틀었다.

나라 지킨 영웅호걸英雄豪傑
오늘 우리를 위해 계셨구나.

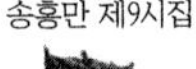

솔가리 위에 마음 놓고 주저앉으니
다스리지 못하는 군주君主보다
마음 편便하구나.

고향 언덕 위에서

고향 언덕 위에서
내가 태어나고 자란 집을 바라본다.

산은 부서지고 바다는 막히고
논밭은 길로 변하였다.

내 동무 살던 집터엔
알 수 없는 공장이 자리하고 있다.

삼 칸 대청에 안채 사랑채 우리 집
그대로 있어 줘 고맙다.

부모형자父母兄姉 아니 계셔도
고향에 오면 생전의 모습 생생하다.

어린 시절 추억이 저무는 하늘에 별 나듯
하나 하나 생긴다.

울타리 참죽나무에는 까치집이 있고
대추나무엔 날리던 연이 걸려 있고

개울가 미루나무는 바람을 재우고
느티나무 가지에는 그네가 매여 있고

보리 밭 위에는 종달새 노래하고
제비는 옛집 찾아와 드나들며 인사하고

하루 한두 번
면서기나 우체부가 자전거 타고 지나는 신작로

앞 개에 물 들어오면 황포 돛단배
새우젓 싣고 들어오고

먼 바다엔 청·일 전쟁 때 화륜선이 지나갔다지
한봉산漢峰山과 달봉치에선 대보름에 금년 농사를 점쳤지

인천 상륙작전이 벌어진 때에는
밤마다 포화砲火를 보며 속으로 만세 불렀지

다랑치 논에서 농요農謠가 어울려 메아리치는
평화로운 마을이었지

초여름 개구리 합창하는 밤이면

고향 생가

쏟아지는 졸림 참기 어려웠지

눈이 내리는 겨울에는
꿩 토끼를 몰며 추위 잊고 옷을 적셨지

물 얼은 논은 썰매를 타며
우리들 세상이었지

어르신 한 분 한 분 꽃가마 타고 가실 때에는
온 동리 안이 눈물 속이었지

이런 저런 옛 생각은 이어지는 할머니 이야기 닮아
어머니 자아내시던 명주실같이 곱고도 아름답구나

지나간 것은 모두가 그립구나

고향 언덕 위에서 옛집을 바라보며
지켜준 모든 분들에게 감사한다.

남원南原에서

벚꽃 활짝 핀 화창和暢한 봄날 광한루원廣漢樓苑에 들어섰다.

올 때마다 이 도령과 춘향春香을 생각하며
광한루廣漢樓 오작교烏鵲橋 완월정玩月亭
삼신산三神山을 둘러보다가
월매月梅의 집을 들어서며
반갑게 맞아주실 장모님 생각한다.

견우직녀牽牛織女의 애처로운 천상天上의 사랑
몽룡춘향夢龍春香의 달콤한 지상地上의 사랑

은하수銀河水 연못에 내려앉고
달나라 궁전 광한청허부는
광한루廣漢樓에 내려와 자리한다.

못 안에 영주산瀛洲山 방장산方丈山 봉래산蓬萊山 본을 딴
삼신산三神山 밟아 보며 신선神仙을 그려본다.

해질 무렵
요천蓼川 강 뚝을 걸으니 꽃잎 사르르 내려 옷깃을 스치는
축복祝福의 길을 걷는 즐거움이다.

승월교勝月橋 춘향교春香橋 건너도 보고
둔치 길을 정겹도록 걸었다.

여뀌 풀 무성茂盛하여 요천蓼川이라는데
아직 일러 여뀌를 찾지 못하고
이 길 저 길을 싫도록 걸었다.

밤새껏 춘향전春香傳을 쓰고도 남았다.

나주羅州에서

나주등기소羅州登記所에서 일을 마치고
열차列車를 기다리는 동안 걸었다.

말 탄 장수將帥와 물바가지 든 우물가의 소녀少女
이곳이 아름다운 사랑이 하늘에서 꿈같이 내려왔다는
완사천浣絲泉이란다.

장수將帥는 아직 견훤甄萱의 장수 왕건王建
소녀少女는 토호土豪 오달현의 딸

맑고 밝은 모습에 깊고 슬기로운 소녀少女는
혜종惠宗을 낳아 장화왕후莊和王后가 되고

씩씩하고 지혜智慧가 뛰어난 장수將帥는
고려高麗 태조太祖가 되어 나라를 굳건하게 한다.

이 땅은 영산강榮山江 작은 포구浦口이나
왕후王后 태어나신 큰 고을이 되어
천년목사千年牧使 고을로 이어지는구나

나라 굳건히 세우신 왕王과 왕후王后

오늘은 어느 우물가에 오시어

용맹勇猛과 지혜智慧로운

지도자指導者가 되어주실까.

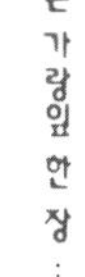

마라도馬羅島에 가면서

어쩌다 이리도 멀어야 하나
비행기로 제주에 와서
자동차로 송악산松岳山에 와서
배를 타고 수평선 위에
점을 향하여 가는 길

갈매기 어지러이 날아 따라 오고
흰 눈 덮인 한라산漢拏山
두고 온 그리움이
아무리 멀리 와도 놓아주질 않네

부산釜山에 태풍이 도착했다는
막내딸이 보낸 문자文字가 오고
바다가 아무리 깊고 넓다 해도
보내면 받아 보는 문자文字

마라도 처녀당處女堂에 전해 오는
애처로운 이야기

두 번째 온 마라도
멀고 먼 바다가 마음먹기에 따라
가깝고도 친근親近하구나.

송파松坡 나루공원에서

한강漢江 남南쪽 뚝에 소나무 우거진 마을이라
송파松坡라고 부른 나루는
먼 옛날부터 번화繁華한 나루요 손꼽히는 시장市場이 섰단다.

흐르던 강물이 떠나고 생긴 석촌호수石村湖水
송파대로松坡大路가 가로질러
동호東湖와 서호西湖로 되었다.

송파나루에는 착한 도미都彌 부부의 슬픈 이야기 전해 온다.
눈 먼 도미都彌를 싣고 간 빈 배가 다시 와서
아내를 싣고 천성도泉城島에서 만나게 해준
고마운 빈 배는 지금 누구를 기다리고 있을까

서호西湖엔 신비神秘의 섬 안에 동화童話 속 마을 가득하고
동호東湖엔 뗏목과 사공이 옛날을 전해 주고 있구나

쉬엄쉬엄 걸으며 야생화野生花도 보고 물새도 본다.
억새 잎 흰 줄이 유난히 아름답구나

사공의 노래 구슬피 들리고
시장市場에선 떠들썩한 삶의 소리 들리는 듯하구나

산책散策하는 걸음걸음
신발 벗고 걷기도 한다.

달빛 내려앉는 밤이면
고운 사연 얼마나 묻어날까.

송홍만 제9시집

궁남지宮南池에서

소부리所夫里 남쪽 넓은 들녘에
큰 연못이 있다.

궁궐宮闕 남쪽에 있는 연못이라
궁남지宮南池란다.

서동薯童과 그 어머니의 이야기
그 전설傳說 속에 아버지가 되고 싶다.

서라벌徐羅伐 하늘 아래 선화공주善花公主
맑고 밝은 고운 님 맞이한 서동薯童도 되고 싶구나.
무왕武王 되지 않았어도 좋다.

연못 가운데 정자亭子를 다시 짓고 있으나
보고 싶으면 다시 오면 되는 것이다.

꽃은 아직 연근蓮根에 머물건만
아름다움을 품고 있기에 그런대로 좋구나.

오산烏山 궐리사闕里祠에서

오산烏山에 오시거든 궐리사闕里祠 둘러보세요
궐리사闕里祠는 절(寺)이 아니고,
공자孔子님 영정影幀 모신 사당祠堂입니다.

노魯나라 곡부曲阜 궐리闕里에 생가生家가 있어
궐리사闕里祠라 하였고
논산論山 노성궐리사魯城闕里祠와 둘 뿐이랍니다.

석조성상石造聖像은
곡부시曲阜市가 헌납하여 오륜五倫을 상징하는
오층기단五層基壇 위에 모시고

탄생誕生하실 때 상서祥瑞로운 징조徵兆를 새겼습니다.
기린이 신선의 글을 전하고 기린옥서麒麟玉書
한 쌍의 용과 다섯 노인이 서 계시고 이룡오로二龍五老
하늘은 성탄을 축복하여
화락和樂의 노래를 내립니다 균천감성鈞天感聖

아성공亞聖公 맹자孟子 종성공宗聖公 증자曾子
복성공復聖公 안자顔子 술성공述聖公 자사子思
네 분의 성상聖像은

문선왕文宣王을 모시고 계십니다.

성적도聖蹟圖는
성모聖母 안징재顏徵在의
니구산기도 니산치도尼山致禱를 시작으로
공자님의 행적, 그리고,
두 기둥 사이에 제사 올리는 꿈 몽전양영夢奠兩楹 꾸시고
칠일 후에 영면永眠하시기까지를
60장의 피나무 목판木板에 새긴 것입니다.
나라 안에 여기만 있습니다.
병풍屛風도 만들어 방안에 가득 찼습니다.

김포金浦 애기봉愛妓峰에서

성탄절聖誕節이 가까워지면 뉴스 화면으로
철탑에 등불 밝혀 북녘에 복음福音 전하는
애기봉愛妓峰을 보았을 뿐
오늘에야 처음 오른다.

귀여운 아기 같은 산봉우리가 아니고,
평양감사 숨겨둔 기녀와의 슬픈 사연 깃든 봉우리
이제는 부모 형제 강 건너 두고
애타게 기다리는 실향민失鄕民의 애절哀切한 마음 솟아올랐다.

내일이면 돌아갈 수 있겠지
같은 말 되뇌이기를 반세기 흘러만 가니
한恨 서린 나날을 보내야 하는 피 멍든 가슴
쓸어내리는 모습 가득하구나

저 강을 건널 날 언제쯤일까
옛 소총小銃 소대장小隊長들의 뜨거운 감회感懷와
먼저 지나온 선배先輩의 사랑과 소망所望을
자랑스러운 후배後輩들에게 전하는 소리도 있다.

지척咫尺의 고향은 이 세상 어디보다도 멀기만 하고

송홍만 제9시집

닫힌 뱃길 버려진 포구浦口는 아직도 잠을 깨지 못하였구나

슬프도다 애기봉愛妓峰아!
갈라진 아픔 고칠 길 없기에
더욱 슬프구나.

덕포진德浦鎭에서

한강 임진강 예성강, 세 강이 바다 위에 피워 놓은 강화江華
그 강화가 건너다보이는 이곳 덕포진.

나라 지킨 충직한 군사들의 늠름한 모습
서양문화의 물결이 들이닥쳤던 문턱
새로운 세력이 대문을 열고 들어온 전쟁터
지혜롭게 다스린 방백들과 장수들

그 중에도 애처로운 전설이 있다.
고려 고종이 송경에서 강화로 몽신할 때
충직한 뱃사공을 역심 품은 것으로 오인 처형하건만

애매하게 처형당하면서도
뱃머리에 바가지 띄워주며
충성을 다한 뱃사공의 스승
주사舟師 손돌孫乭님

하늘은 무심치 않아 그의 원혼을 일깨워주려
해마다 시월 스무 날이면 무섭게 추워
'손돌의 추위' 라 전해 오고
그 건널목을 손돌목이라 부른다.

송흥만 제9시집

오늘 무심코 이곳에 오니
옛 장수들의 땀 흘리며 나라 지키는 모습
지혜로운 손돌의 충직한 마음
그리고 맑고 밝은 얼굴로 다가서는 얼굴 얼굴 얼굴
나루터 물 위에 반짝인다.

모락산慕洛山 다시 오르며

모락산慕洛山 다시 오르며
잘 설치된 계단을 내 친구 산죽山竹과
나누는 이야기로 시공時空을 옮겨 다닌다.

모락산성慕洛山城은
한성漢城 백제百濟
근초고왕近肖古王 때쯤 쌓은 산성山城이란다.

한강漢江 변 어디쯤인가 있던
왕도王都를 사모思慕한다는 의미意味인가
낙양洛陽을 멀리서 사모思慕하는
한시漢詩의 한 구절句節처럼

한국전쟁 중 1 · 4후퇴後退에 반격反擊을 받고
퇴각退却하는 중공군中共軍과
치열治熱한 4일간의 전쟁戰爭으로
중공군中共軍 750여명의 사상자死傷者를 낸 전쟁戰爭

1951. 2. 3. 06 : 30 총공격總攻擊으로
이곳에서 승리勝利하였던 전쟁터이다.

모락 모락 모락산은
주고받는 이야기 속에
사랑이 모락 모락 피어나는
아름다운 곳이 되었으면 좋겠다.

문수산성文洙山城 오르며

문수사文殊寺 지나 성城 마루에 오르니
예성禮成 임진臨津 한강漢江이
곱게 피워낸 아름다운 강화江華가 눈앞이다.

고려高麗는 몽골군軍에게 쫓겨 38년간 버티었고
조선朝鮮은 청나라 군사에게 두 번이나 피해 왔던 곳

불란서佛蘭西와의 격전激戰
신미양요辛未洋擾 운양호사건雲揚號事件
그 현장現場이 내려다보인다.

청나라 용골대가龍骨大家 이곳에서
호시탐탐虎視眈眈하는데

"뙤놈 군사가 날라서 이 물을 건너겠나"
못난 장수將帥 김경징의 방심放心으로
함락陷落 당한 슬픈 역사

오늘도 강 건너 북한北韓 땅에는
쥐 죽은 듯 적막寂寞하다만
젊은 국군國軍 병사兵士들이여
방심放心하지 말지어다.

발왕산發旺山 오르며

산을 이렇게도 오르는 건가
곤도라 타고
겨울나무 사이로 하얀 속살 엿보며
흰 눈 비탈에 개미 같은 스키어들 내려다보며.

정상에 올라 사방을 둘러보니
백두대간 배달의 얼 되어 아직도 흐른다.
상처 받은 능선 아픔을 참으며
관통 당한 고개 통한을 뿜어낸다.

슬픈 전설은 발왕산과 옥녀봉玉女峰을 오간다.
유별나게 큰 체구로 장가 못 간 노총각 발왕이는
혼인 약속한 옥녀와 잘살아보려고 돈 벌러 가다가
제왕帝王 고개에서 산 도둑이 되어 포졸에게 잡혀 처형되었건만
옥녀는 애타게 기다리다 건너 짝에 옥녀봉이 되었다지

땀 흘리며 숨 가쁘게 산을 오르면
향기로운 산과 내 살갗을 비비며 정이 들건만
땀 한 방울 흘리지 아니 하고 오르니
산 따로 나 따로이구나.

부산浮山 오르며

어제 밤에는 백마강白馬江 속에 가득 잠겼더니
깨어 보니 강물 위에 떠 있구나

부산서원浮山書院 높은 계단階段을 오르니
스승의 언행言行을 우러렀을
올곧은 선비의 모습 완연宛然하다.

소나무 바위 사이 사이로
봉우리에 오르니
나당연합군羅唐聯合軍 말발굽에
얼과 문화文化가 부서지는 아우성이
소부리所夫里 하늘 아래 가득하구나

성충成忠 흥수興首 계백階伯
세 충신忠臣의 섬광閃光이 번쩍인다.

양지바른 자리에 비각碑閣에는
효종孝宗 임금님 내리신 글을
우암尤庵 쓰신 큰 돌 비에
'지통재심至痛在心 일모도원日暮途遠' 이라 있으니
병자호란丙子胡亂의 치욕恥辱을

씻지 못하는 비통悲痛함 아직 남아있는데
날은 저물고 갈 길은 멀기만 하구나.

쇠약衰弱한 나라를 슬퍼하는 마음은
군신君臣이 마찬가지로구나

오늘도 나라 걱정하니
내 마음 속에 눈물이 흐르네.

소래산蘇萊山 오르며

송내松內에서
성주산 능선稜線을 걷다가
한 허리에서 내려서면

우산雨傘같이 우거진 은행나무 한 그루
장수촌長壽村을 팔백년八百年 길다 않고 지켜왔건만
잎과 줄기는 아직도 청춘靑春이로다.

소래산蘇萊山 한 허리에
마애불磨崖佛 미소微笑는
천년千年이 한결같구나

양지陽地녘 가파른 오름길
땀 흠뻑 흘리며
정상頂上에 오른다.

수리산修理山 솟아 올리고 달려온
한남정맥漢南正脈은 여기서 도톰하게 힘 한 번 주고는
계양산桂陽山으로 달리고 있구나

참조기(蘇)와 쑥대(萊)는

이 산과 무슨 관계가 있기에
소래산蘇萊山일까

멀리 소래蘇萊 포구浦口에 황포黃布 돛단배
한가롭게 드나들던 지난날이
속 그림 되어 보인다.

수리산修理山 다시 오르며

안양등기소장安養登記所長으로 있을 때이니
오른 지 벌써 이십 오년이 되는 구나

오늘은 현충탑顯忠塔 옆에서 오르기 시작始作을 해
한 봉우리 오르니 관모봉冠帽峰,
정상頂上에는 태을봉太乙峰
이라는 표석이 있다.

태을太乙은
천지만물天地萬物의 출현出顯과 성립成立의 근원根源,
우주宇宙의 본체本體라 하는데.

도교道敎에서는
천天을 주재主宰하는 신神이 살고 있는 별이
태을성太乙星이라는데.

왜 태을봉太乙峰이라 했을까

산 모습이 독수리 같기에,
신심信心을 닦는 성지聖地 수리사修理寺가 있기에,
왕손王孫인 운산대사雲山大師가 수도修道한 곳이기에,

수리산修理山 또는 수이산修李山이라 했다는데.

한남정맥漢南正脈 역력이 흐르는 산마루
차돌바위, 푸른 소나무 잘도 어울리건만
여기 저기 터널에서
신음소리 애달프게 울린다.

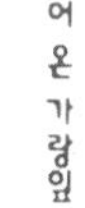

수리산修理山 수리사修理寺 둘러보고

수리산修理山 기슭 느티나무 숲 속에
수리사修理寺가 숨어 있다.

신라新羅 진흥왕眞興王 때
창건創建되었단다.

왕손王孫인 운산대사雲山大師가
몽불수기夢佛受記하여
견불산見佛山 수이사修李寺라 했다가
수리산修理山 수리사修理寺라 했단다.

아득한 옛날 옛적에 물이 넘쳐
이 산봉우리까지 이르렀을 때
수리만 빙빙 돌았다고
수리산修理山이라 전하기도 한다.

깊고 한적閑寂한 골싸기 안에
절 집 두어 채가 가득하다.

아름다운 산과 바위, 그리고 냇물소리
혼자서는 보기 아깝구나

송홍만 제9시집

어답산御踏山 오르며

횡성橫城에는
어답산御踏山이 있다.

신라新羅 박혁거세朴赫居世에게 쫓겨온
진한辰韓의 태기왕泰岐王이
이 산을 밟았다고
어답산御踏山이란다.

양지말 느티나무 전설傳說 속을 지나 오르니
고갯마루 길이다.

서북쪽 계곡溪谷엔 실뱀 같은 길이 서려진
병지방리兵之坊里이다.
태기왕泰岐王의 병사兵士들을 배치配置했던 마을이란다.

정상에 오르니
그때 병사들이 갑옷을 빨았다는 갑천甲川
물이 불어 횡성댐은 장관壯觀이구나

내려오는 길은
낙락장송落落長松 지나더니

거대巨大한 선바위가 우뚝 서있다.

가파른 내림길이라
등골이 오싹 오싹 오금이 저리다.

흠뻑 젖은 몸과 마음을
온천수溫泉水에 말끔히 씻었다.

송홍만 제9시집

예봉산禮峰山 오르며

산을 위해 제사祭祀를 지낸다고
예봉산禮峰山이라며
'사랑산' '큰 사랑산' 이라 부르기도 한단다.

동막東幕에서 산길을 잡아
진달래 희끗희끗한 소나무 밭을 지나
비바람 속을 숨가뻐 오르며
'큰 사랑' '작은 사랑' 더듬어 본다.

선종善終하신 교황教皇님은
큰 사랑을 하셨겠지
내가 아는 그 사람은 마음 다지러 올랐다네

다산茶山의 삼형제三兄弟 여기 올라
학문學文의 도道를 밝혔다는
철문봉哲文峰을 지나

정상에 오르니
산 아래 한강이 꿈같이 흐른다.

밤나무 많은 동리의 산

율리봉栗里峰을 지나
팔당으로 내려가는 길 너무 지루하다

산길을 걷고 싶어 산을 오르고
비 맞으며 걷는 것
누군들 마다하랴마는
오늘은 더욱 더 즐겁다.

예산禮山 가야산伽倻山 오르며

바라보면 언젠가 오르게 된다.

서산瑞山 홍성洪城 오가며
바라보았더니 오늘 오르고 있구나

이대二代에 걸쳐 천자天子가 나올 좋은 묘자리
이대천자지지二代天子之地라고 하는
남연군南延君 묘소墓所 둘러보고

한적閑寂한 산길 들어서니
귀엽게 솟아난 고사리 한 줌을 꺾어 보았다.

초록색 숲길 노송老松 사이를 오르다가
넓은 바위 만나 누우니
산새소리, 꽃내음, 나뭇잎 숨소리
애초의 즐거움이 아니던가

석문봉石門峰 바위에 오르니
수덕사修德寺 품은 덕숭산德崇山,
용龍과 봉황鳳凰이 꿈틀대는 용봉산龍鳳山,
백제百濟 최후最後 임존성任存城 있는 대흥산大興山,

그리고
만대 영화 누릴 명당 만대영화지지萬代榮華之地 있다는
오서산烏棲山 다가와 섰구나.

용호곡산龍虎谷山 오르며

다북술 사이사이로
자갈 섞인 황토黃土 길 따라 산마루 오르니
넓은 바다 멀리 점점 섬이다.

어린 시절
내 고향故鄕 뒷동산에 오르면 이러했건만
지금은 부서졌지

드나들던 바다 물 멈추고
게, 조개, 나문재, 사라진 황량荒凉한 벌판
가을 밤 스쳐가는 해초海草의 향기香氣 사라진
내 고향故鄕의 그리움
꿈속에나 볼 수 있게
그 어디에 숨어 나 있었으면

무의도舞衣島 용호곡산을 오르며
고향 그리워 보고 또 보며
하산下山 길이 더디구나.

장릉章陵 둘러보고

김포金浦에 간 김에
장릉章陵을 찾아갔다.

장릉章陵은
선조宣祖의 다섯째 아들이며,
인조仁祖의 생부生父이신,
원종元宗과 인헌왕후仁獻王后의 묘墓이다.

아버지 선조宣祖는 임진왜란壬辰倭亂으로
아들 인조仁祖는 병자호란丙子胡亂으로
조선왕조朝鮮王朝에서 가장 힘들었던 임금의
아들이요, 아버지이신 원종元宗.

그 마음 아파하심을 곰곰이 생각하며
묘역墓域을 걷는다.

갈참나무 깊은 숲 속에서 귀 기울여
남기고 싶었던 말 한 마디를 들어본다.

수초水草 무성茂盛한 저수지貯水池에는
오리 한 쌍 먼저 와 물속에서
열심히 더듬어 찾고 있다.

칠갑산七甲山 오르며

금북정맥錦北正脈 한 허리에
우뚝 솟은 칠갑산七甲山

일곱 성인聖人의 흔적痕迹이 있다 하여,
만물근원萬物根源과
천체운행天體運行의 원리原理가 있다 하여,
명당明堂 자리가 일곱이 있다 하여,
칠갑산七甲山이라 불렀단다.

대웅전大雄殿이
아래 위 둘이 있는 장곡사長谷寺
신라新羅 보조선사普照禪師 창건創建한
천년고찰千年古刹 자리했다.

잘 생긴 홍송紅松 사이로 걷다 보니
오르는 사람 편히 쉴
명당明堂도 서너 군데나 되네

정상頂上에 오르니
가야산伽倻山, 충남忠南, 계룡산鷄龍山, 백마강白馬江,
대천大川 앞바다, 오서산烏棲山 완연宛然하다.

한치고개에는
의롭게 살다간 면암勉庵 의연依然하시고
콩밭 매는 아낙네 호미잡고 견디는구나

걸어서 걸어서 온길 올려다보니
살아온 나날처럼 멀구나.

송홍만 제9시집

제 3 부
산새와의 만남

가시나무에 장미꽃이 핀 것은

아름다운 정원 한 모퉁이 개울가에 억센 가시나무를
어느 날 정원사庭園師가
아름다운 꽃이 피는 장미나무 옆으로 옮겨 심었다.

가시나무는
나도 저렇게 아름다운 꽃을 피웠으면 하면서
정원사가 옮겨 심은 뜻이 궁금하였다.

한 해가 지난 후
예리한 칼을 들고 다가오는 정원사를 보고
가시나무는
쓸모없는 내가 이제 베어져 불태워지겠구나 자지러졌다.

그러나,
정원사는 가시나무를 베고 밑동에 장미가지를 접붙였고
가을 겨울 지나고 봄이 되니
장미 가지에 잎이 나고 아름다운 장미꽃이 피었다.

가시나무는
사도 바울이 "나의 나 된 것은 하나님의 은혜로다."
(고린도 전서 15장 10절)라고 하였듯이

"아! 은혜로다, 은혜로다.
내게 아름다운 장미꽃이 핀 것은
정원사의 은혜로다"
라고 하였다.

고마우신 어르신

며칠 전 제주도에 사시는 고마우신 어르신
현곡玄谷 양중해梁重海 시인詩人의
휘호揮毫를 받았다.

泰山不讓土壤 故能成其高(태산불양토양 고능성기고)
河海不棄細流 故能就其深(하해불기세류 고능취기심)

간신히 풀이하다가
한 줄을 더해 본다.

한 줌의 흙이라도 사양辭讓하지 아니 하여
저 높고 큰 태산泰山을 이루었고

하찮은 실 여울이라도 버리지 아니 하여
저 넓고 깊은 하해河海를 이루었으니,

가랑비 같은 도우심 마다 아니 하여
이 크신 은혜恩惠의 강江 넘쳐 흐르네.

나도 들어 있음을

병원에선 못 고치는 병 없는 줄로
아버지는 못하시는 일 없는 줄로
할머니는 모르는 사람 없는 줄로
교장 선생님은 변소에 아니 가시는 줄로
알고 있었다.

이른 새벽 잠옷 입고 허물어진 성을 따라 걷는 사람
하얀 얼굴에 환자복을 입은 입원환자
이 분들은 귀한 집 자녀 사치스러움으로 알았다.

부모님은 돌아가시지 않는 줄로
내 자식들은 남과 다른 줄로
나는 앓지 않을 줄로
그렇게 알고 있었다.

아니 그런 것을
알고 나선
세상만사에
나도 들어 있음을 알았다.

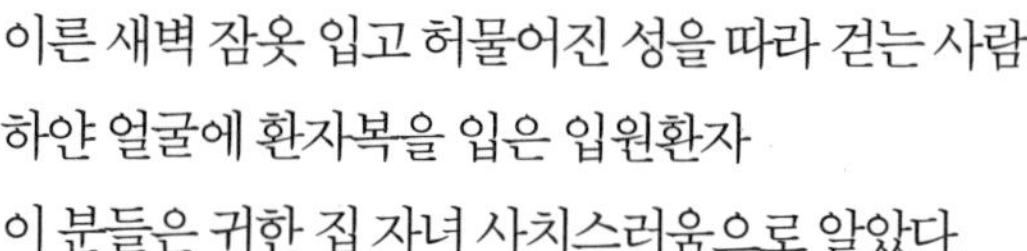

달팽이를 보며

나는 달팽이를 닮고 싶다.

촉각觸角 두 쌍을 곤두세워도 세상世上 살아가는 길 보지 못하나,
가고 싶은 곳, 하고 싶은 것, 먹고 싶은 것, 부족함이 없다.

새로 피어나는 풀잎, 애벌레, 이슬을 먹을 뿐
의롭지 아니한 부귀富貴는 뜬구름이로다.
(不義而富且貴 我於如浮雲)

다들 바쁘다고 북새통 치지만
서두르거나 멈추지 아니 하며, 나서거나 물러나지도 않는다.

남들이 알아주지 않는다고, 노여워 하지도 않는다.
(人不知而不慍)

머무를 곳을 알고서야 잠시 고요한 마음으로
편안하게 생각을 하여 바라는 바를 얻는다.
(知止以後有定 定而後能靜 靜而能安
安而後能慮 慮而後能得)

전생前生의 업보業報인지 모르나,

지은 죄罪보다 훨씬 가벼운 짐, 집 삼아,
화려하나 사치스럽지 아니 하고, 검소하나 누추하지 아니 한
집을 주신 은혜恩惠 감사感謝하며 지고 다닌다.

기뻐 하거나 노여워 하지 아니 하며
슬퍼 하거나 즐거워 하지 아니 하니
희로애락喜怒哀樂이 잘 어울려 중화中和를 이루어
천지만물天地萬物이 제 자리를 잡았구나
(喜怒哀樂之未發 謂之中 發而皆中節 謂之和
發中和 天地位焉 萬物育焉)

몸을 움츠려 집에 들면 편안便安한 궁전宮殿이요
왕王과 왕후王后는 한 몸이라.
왕 없이 왕후 없고, 왕후 없이 왕 없으니 작은 우주宇宙로다.

왕과 왕후의 주고받는 이야기는
즐겁지만 음란淫亂하지 아니 하고, 애처롭지만 속상하게 아니 한다.
(樂而不淫 哀而不傷)

밤이면 달님 별님 빛을 보내주고, 새벽엔 이슬 흠뻑 내려주어
광야曠野에서 메추라기와 만나 내려주신

여호와를 기억記憶하며
감사感謝의 찬송讚頌 부르니, 새도 꽃도 따라 부른다.

사람들은 핀잔을 받거나 겁이 나서 주눅이 들 때
"달팽이 눈이 되었다" 하나,
염화시중拈華示衆,
석가釋迦의 제자弟子 가섭迦葉처럼
깊은 뜻을 이심전심以心傳心으로 깨닫는 중中이리라.

사람들은 입 다물고 좀처럼 말 아니 할 때
"달팽이 뚜껑 덮는다" 하나
뜻 맞는 반가운 벗이 멀리서 찾아오면
(有朋自遠方來)
그 때에 말문 열어 정갈한 이야기 주고 받으려고
기다리는 것이리라.

온 몸과 마음과 정성精誠을 다하여 갈 길을 몸소 내며
남기고 싶은 참된 이야기를 상형문자象形文字로 남긴다.
항상恒常 감사感謝하며, 기뻐하며, 즐겁게 살라고.

그래서
나는 달팽이가 되고 싶다.

두고도 거지

옛날 옛적 어느 마을에
정승판서가 늦둥이를 얻어
애지중지 기르는데

수명壽命이 석 달이라는 스님의 도움으로
명을 늘리려고 스님을 따라 보냈다.

집에는 온갖 것 다 있으면서
거지처럼 사는 모습을 보며
스님은 "두고도 거지"라 불렀다.

고생 끝에 수명壽命이 삼년으로 늘어나고
사람에게 짓밟히는 고생을 건디어
백년으로 연장되었다.

부모님 주신 비단옷 입고 말 타고
신부감 앞에 태우고 옥피리 불며
집에 돌아와 부모님 모시고 잘 살았단다.

하늘에 소망을 가진 믿는 자
사람에게 밟히는 것 같은 고생 견디어 내면

지금은 "두고도 거지" 이지만
하나님의 자녀로 부족함이 없으리로다.

송홍만 제9시집

사랑하는 자녀子女들아

― 성경공부聖經工夫 숙제宿題 유언장遺言狀

사랑하는 자녀子女들아
가는 것 잡지 말고
오는 것 막지 마라.

어버이 내게 바라시던 것
나 다하지 못하였고

조국祖國이 바라는 바를
나 다하지 못하였고

형제자매兄弟姉妹 바라던 것
나 다 들어주지 못하였고

너희가 바라는 것마저
나 다하여 주지 못하였구나

더 더구나
이처럼 사랑하여 주시는 하나님께
몸과 마음과 정성精誠을 다하지 못하였단다.

사랑하는 자녀子女들아

마음을 다하고 성품性品을 다하고 힘을 다하여
하나님 여호와를 사랑하라.

송홍만 제9시집

아니 뵈었어도

어둠이 흐려지더니
산에 햇살이 비친다.

창窓밖 서쪽 산을 보고도
해 솟은 것을 안 것이 신기新奇하다.

동쪽에서 솟아오르는 해를
서쪽 산을 보고도 아는 것이.

곰곰이 생각生覺하니
이것뿐만이 아니로다.

옛 성현聖賢 아니 뵈었어도
그 말씀 읽고 따르면
보고 듣는 것 아닌가.

우산장수 아저씨

삼단 접는 우산이
싸고 편리하다며
호소하던 아저씨

손수레 밀고 지나는데
편리하다는 삼단 우산 아니고
긴 우산을 들고 있다.

생각하니, 나도 마찬가지로
정견正見 정언正言 정행正行 정념正念
바르게 살겠다며
오늘도 이루지를 못하네.

점 하나를

몸과 마음을 고칠 수 없이 아픈 것을
'고질병' 이라고 하나,
'질' 자에 점 하나를 찍으면,
놀랍게도 고칠 수 있는 '고칠병' 이 된다.

살자 죽자 사랑하는 사람을
'님' 이라고 하나,
'님' 자에 점 하나를 찍으면,
살얼음같이 차가운 '남' 이 된다.

영어단어에 불가능하다는 것을
'impossible' 이라 하나,
'i' 와 'm' 사이에 점(') 하나를 찍으면,
힘차게도 나는 할 수 있다(I'm possible)가 된다.

쓰디쓰고 힘든 것을 한자로
'신辛' 이라고 하나,
'신辛' 자에 한 획을 그으면,
고생 다 지나고 행복하다는 '행幸' 자가 된다.

모든 것이 다 마음먹기에 달렸으니

"몸을 닦음이 그 마음을 바르게 함에 있다."
(正心修身)하신
성현聖賢의 말씀이 새롭구나.

세상만사 마음먹기에 달렸으니
괜찮아 괜찮아 하면 다되는 것.

송홍만 제9시집

주어도 주어도

"모든 고통을 다 내게 가져오라" 하신
법장法長 스님이

온 몸 바쳐 큰 가르침 남기시고
입적入寂하셨다.

남기신 말씀이 있다.

아유일바랑我有一鉢囊
무구역무저無口亦無底
수수이불람受受而不濫
출출이부공出出而不空

"나에게 바랑 하나 있는데
입도 없고 밑도 없다.
담아도 담아도 넘치지 않고
주어도 주어도 비지 않는다."

참말로 참되신 말씀이로다.

천국에 소망을 가졌기에

어제와 오늘의 쓰디쓴 아픔을 참는 것은
내일이 있기 때문입니다.

미리 내일 일을 알 수 없는 것은
어제와 오늘을 참고 견디라는 것이리라.

지는 해를 기쁜 마음으로 바라보는 것은
내일 다시 솟아오를 것을 믿기 때문이리라.

어제와 오늘을 참고 견디어 가는 것은
천국에 소망을 가졌기 때문입니다.

치과 병원에서

의사나 간호사가 하라는 대로
"아" 하면, "아" 하고,
"양양" 하면, 거듭 깨문다.

만일,
"아 하세요", "양양 하세요" 한다면,
난 당장 "못하겠어", "왜 그렇게 해야 돼"
할 것만 같다.

칠십이 가까운 나를 애기 취급을 하니
말 못하고 따를 수밖에 없지만
그대로 따르니 편하다.

그래서
주님은 "어린 아이들과 같이 되지 아니 하면
결단코 천국에 들러가지 못하리라."
(마태복음 18장 3절 말씀)
하셨나 보다.

생전에 어머님과 같이 자상하게
귓전에서 속삭여 주시는
성령님의 말씀이 들려온다.

갑甲옷을 벗지 않으셨다

유난히도 덥던 올 여름 밤
〈불멸不滅의 이순신李舜臣〉을 보며
눈물 콧물 많이 흘렸다.

임금과 조정중신朝廷重臣들은
왜 그리도 영웅英雄을 괴롭혔는지
더더구나 가슴 아픔은
충무공忠武公이 병사病死했다. 자살自殺했다는 것이다.

초서연구가草書硏究家 노승석盧承奭님은
"충무공忠武公은 갑옷을 벗지 않으셨다" 한다.

의병장義兵將 김덕령金德齡 장군將軍의
전기傳記와 시문詩文을 기록記錄한
김충장공유사金忠壯公遺事에
"이순신 방전면주李舜臣方戰免冑"를
"이순신은 한참 싸울 때에 갑옷을 벗고
스스로 적탄敵彈에 맞아 죽으셨다"고
잘못 풀이한 까닭이란다.

그러나,

면주免冑란 갑옷이 아니고, 투구를 벗었다는 것이지만,
참 뜻은 죽음을 무릅쓰고 결사적決死的으로 싸웠다는 뜻이란다.

춘추春秋 좌씨전左氏傳에 "면주입적사사언免冑入狄師死焉"이란
"진晉 나라 장수將帥 선진先軫이 죽음을 무릅쓰고
오랑캐 군사軍士 속으로 쳐들어가 전사戰死했다"는
기록記錄이 있단다.

몇몇 사람들은
왜 그러는 것인지 더욱 슬프다.

달맞이 꽃을 보며

잡초 무성한 길가에 핀 노란 꽃
키 큰 대궁에 초롱불 조롱조롱 달렸다.

해가 솟으면 잠자고 달이 뜨면 핀다고
달맞이 꽃이란다.

개울가 산책로 걷다가
잠 깨우며 묻는다.

지은 시詩 아직 익지 아니 하여 낮에는 수줍어서
달이 보고 별이 듣는 밤에나 낭송하려느냐고.

너의 낭송 듣고 흘리는 눈물
풀잎에 이슬지게 하려는 거냐고.

세상 사람들은 밤에 향기를 파는 여인이라고
제 나름 대로의 소문을 낸단다.

풀벌레가 깨우는 밤이면 머리 곱게 빗고
기다리는 달님 향해 꽃등불로 달려가거라.

내 어느 날
달 밝은 밤 이 길을 걸으며
지나간 그리움을
하나 하나 이름 부르며
너의 곁을 마냥 걸으리라.

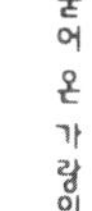

따라오는 그믐달
– 친구가 보내준 이야기

하얀 새벽에
그믐달이 따라 오더란다.

태백산 천제단 오르는 바람이
가슴 가득한데

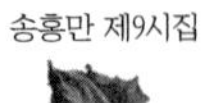

송홍만 제9시집

젊어서 못 이룬 미련인가
마무리 채 못한 인연인가

산기슭을 돌고 강을 건너도
긴 터널을 나와도

그믐달은
따라 오더란다.

묻어 온 가랑잎 한 장

광교산光敎山 다녀와 옷을 벗으니
가랑잎 한 장이 방바닥에 먼저 눕는다.

법성사法性寺 뒷길로 올라, 시루봉 종대봉을 지나
창성사彰聖寺 오르내리던 옛길 내려오다가

그냥 지나기엔 너무 아까워
바삭 소리 날리며 누워 버렸다.

나무 사이로 어둠의 그림자 스며들고
가야 할 길은 아직 멀건만

가랑 잎 사이사이에
가쁜 숨을 불어 넣었다.

묻어 온 가랑잎 한 장

겨울 산이 내게 준 정표情表인가
흘리고 간 누군가의 이야기인가
마음 속으로 주고받은 영수증領收證인가

아니면,
끝끝내 하고 싶은 말 한 마디 이어져 왔는가
간직한 속내를 정말 내어주려 따라왔는가

가을이면 노란 소나무 잎 깔린 길에 눕기도 하고
겨울이면 하얀 눈 위에 내 모습 찍기도 했다.
그때에는 몽땅 두고 왔는데.

버스를 기다리며

버스를 기다리며 앉아 있다가
오는 쪽 멀리 보려고 일어섰다.

고향길 산모퉁이 돌아오는 버스를 기다리며
더 멀리 보이지 않아 안달을 했었다.

미리 본다고
빨리 오는 것 아니건만.

그 동안 살아오면서도
언제쯤 나아질까
미리 좀 알려고 안달을 했다.

기다리면 오는 것을
왜 그리도 미리 알려고 했던가

그래도
불행을 미리 보려고는
하지 않았다.

산새와의 만남

수리산修理山 산마루 위에
막걸리 파는 믿음직한 젊은이가 있다.

손등에 산새가 앉아
무언가를 쪼아 먹고 있다.

잣을 잡고 손을 내밀라는 대로 하니
산山 새가 내 손에도 앉아 잣을 쪼아먹는다.

고운 줄무늬가 있어
곤줄박이라는 새이다.

만물萬物의 영장靈長과
한갓 미물微物의 만남만은 아니다.

예쁜 눈 곱고 순수純粹한 새의 마음과
거칠고 삶에 찌든 불순不純한 나와의 만남이다.

산새는 잣만 쪼아 먹지 아니 하고
내 마음 속 허물을 거침없이 쪼아낸다.

아이스케이크(ice cake)

여직원이 나눠 주는 아이스케이크를
받아 입에 넣자마자
이가 시려 질겁을 하곤 컵에 넣었다.

학교에서 돌아오자마자
보리타작 마당에 가니
어머님이 대접을 들고 오서 받아 마셨다.

향긋한 물 한 모금,
아이스케이크 녹은 물이었다.

녹을 줄 아시며 두었다 주시는 깊은 뜻
반 백년 지난 오늘도 헤아릴 수가 없다.

우리는 무슨 연합군

웃음과 감동과 눈물의 폭발적인 입 소문난,
〈웰컴 투 동막골〉 (Welcome to Dong mak gol)
영화를 보았다.

깊은 산속 촌장님이 잘 다스리는 큰 마을 동막골에
군수송기가 추락하여
국제연합군(UN군) 스미스 대위 한 명만
마을 사람들의 극진한 대접을 받고 있다.

부하 두 명만 남은 인민군 중대장과
탈영한 국군 장교와 부대를 못 찾는 국군 의무병
다섯 명이 서로 만나 일촉즉발의 위기를 넘기며
배고픔을 면하려는 공통된 일념으로 마을을 찾아 든다.

봄이 지나면 조용히 한 해가 시작하는 이 마을에
아늑한 평화가 자욱한 속에 죽음이 무엇인지조차 모르는 사람들
꽃을 찾아 날으는 나비들과 자유분방한 소녀가
싸늘한 공포를 전연 느끼지 못하게 한다.

유엔군, 인민군, 국군 무서운 대결이 순수와 음식 앞엔 잠잠한데
추락한 수송기와 병사를 수색하려는 특공대가 들이닥치어

송홍만 제9시집

총을 겨누며 묻는 대로 말하지 않으면 몰살하겠다
촌장님을 다짜고짜 치고 때리고 피투성이를 만드는 특공대들을
국군 인민군이 숨겼던 총으로 몰살시켰는데,
한 명이 살아 이 마을이 폭격의 대상이라는 것을 알려줘
유엔군, 국군, 인민군은 한 마음이 되어 마을의 폭격을 막기 위해
먼 곳에 대공포대를 위장 설치 폭격기를 유인하여
마을의 안전을 이루었다.

어린 인민군과 국군이 우리는 무슨 연합군이냐고 묻는다.

웃음 머금은 여인

전철 안에서
말없이 웃는 중년 여인을 보았다.

그녀의 눈은
휴대전화 문자에 매여 있었다.

웃음 머금은 그녀의 손가락은
무슨 글자인지 바쁘게 눌러댔다.

전철 밖에
지나는 들과 산을 바라보다가

나도 한 번 보내고 싶은 글귀를
생각해 보며

웃음 머금은
여인의 마음을 어림해 본다.

웃음 머금은 여인을 바라만 보아도
웃음을 참지 못하겠구나.

컴퓨터와 바둑을 두며

두는 사람이 보이지 아니 하고
돌만 놓인다.

지면 약 오르고 이기면 기분 좋긴
사람과 두는 것이나 마찬가지다.

숨소리의 고저高低 장단長短,
약 올리는 듯한 말 아니 들리고

비웃는 듯한 얼굴이 보이지 아니 하여
좋긴 하다.

지는 때도 있고 이기는 때도 있지만
내 돌 따 가는 덴 번개같다.

보이지 아니 하는 성령님도
한 점, 한 점 내 삶을 따라
바둑을 두고 계시겠지.

하얀 뭉게구름

어린 시절 풀밭에 누워서,
나무지고 언덕 오르다,
학교 갔다 오는 길 소나무 밑에서,
아주 호기심 속에 바라보던 하얀 뭉게구름

나이 칠십이 가까워 바라보니
호기심도 신비로움도 사라지고
오르내려도 보았지만
머무르고 싶은 곳은 아니지
흘러가는 구름일 뿐이지

그저 한 가지만은,
바라보며 즐거운 마음만은
나 하나만을 바라보고 있다는 생각만은
그제나 이제나 매한가지로다.

해오라기를 보며

천당天堂 바로 아래 동네가
분당盆唐이란다.

분당등기소盆唐登記所에서 일을 보고
점골교를 건너다가 보았다.

하얀 물거품 지으며 흐르는 물가에
긴 다리와 긴 목, 그리고 긴 부리를
죽은 듯 멈추고 서 있는 해오라기 한 마리를.

해오라기는 물고기 잡으려고 꼼짝 아니 하고
나는 해오라기가 고기를 잡기만을 보려고 서있다.

분당천盆唐川은 그냥 흐르고
사람들도 그냥 지나갈 뿐이다.

나를 지켜보시는 분도
또한 이러하실까.

가볍게 떠나는 연습

수원역에서
조치원 행 열차를 기다리고 있다.

열차가 오면 떠나야 한다.
가방 하나에 읽고 있는 책 한 권 넣고.

언젠가는 이 세상도 떠나야지
아무것도 아니 가지고.

어머님 손잡고 서울 갈 때에는
그리도 즐거웠지

일자리 찾아 청주 갈 때에는
앞길이 캄캄했지

이제는
가볍게 떠나는 연습쯤 해 두어야지.

두고 온 그리움

두고 온 그리움이
반달로 따라오더니

창 너머 머물다가
밤새 내 가슴 파고들어

새벽이슬로 온 몸에
기쁨 송골송골 방울진다.

바닷가에 오면

바닷가에 오면 바다가 되고 싶다.

바다 위에 솟은 제부도
산봉우리와 매 바위를 바라본다.
제부 아저씨 겨울이면
굴지고 물 나간 바다를 건너 오셨다.

바다는 아주 큰 사람이다.
먼 곳에 몸을 두고
물가를 매만지는 손놀림을 보라.
손끝에 출렁이는 가쁜 숨소리 들린다.
아름다워 감출 수 없는 저녁 노을
잔잔한 바다에 곱게 내린다.

바닷가에 오면 혼자는 너무나 쓸쓸하다.

알고 있는 이야기 주고 받아야 하고
하늘과 바다 사이에 너와 내가 있어야 하고
섬들이 품고 있는 너무나 아쉬운 꿈을
풀어주어야 하기 때문이다.

돌아서면 남이라지만
넓은 마음을 펼친 바다는 남이 아니구나

흘러오는 물이 맑던지 물들었던지 다 받아주고
바라보는 우리 좋던지 그르고 밉던지 마다 아니 한다.

지는 해도 잡지 않고 가는 우리도 막지 않으니
어찌 남이란 말인가.

부끄러움 감출 길 없다

파란 하늘에 하얀 뭉게구름
눈부시게 아름답다.

나이 칠십이 가까운 이제는
부끄러움 감출 길 없다.

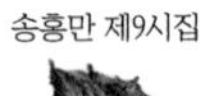
송홍만 제9시집

어린 시절에 풀 뜯어 먹는
우리 소 큰 눈동자에 비치었다.

갈 길 몰라 풀밭에 덥석 누워
바라보던 그 때에도 기쁘기만 했다.

사느라고 바빠선가
바라보도 못했었다.

점점 더 맑고 밝기만한 하늘이
바라보기엔 너무나 부끄럽다.

산을 산답게

산을 산답게 오르려면
마음부터 고쳐야 한다.

모든 일 잊고 산을 오르면
산새소리 들려오고 향기 스며든다.

작은 꽃 속에 고요가 보이고
넓은 풀밭은 꿈속에 본 듯하다.

산을 산답게 오르면
산새도 산새답게 노래하고
물도 물답게 흐른다.

그러다 보니
어느덧 나도 나답게 된 듯하다.

제4부

살맛이 나는구나

살맛이 나는구나

사람이 사람다운 대접을 받으니
살맛이 나는구나

부여 구드래 나루 어느 음식점
들어서자마자 반겨 맞아준다.

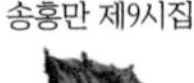

둘러보니 순박하신 조상님의 손때 묻은
살림살이가 오밀조밀 채워 있다.

돌솥밥과 가지 가지 정성어린 반찬
더더구나 빛깔과 맛이 좋은 찹쌀 동동주

맛깔 내는 솜씨와
맛깔 아는 맘씨의 만남인가

사람다운 사람대우 받으니
사람다운 사람 사는 마을에 왔구나

남부여 후손들이여
사람 대접하여 주니
살맛이 나는구나.

'새해에는' 과 '새해에도'

"새해에도 복 많이 받으세요" 하면
복 많이 받은 지난해와 같이
새해에도 복을 많이 받으라는 것이니
참으로 고마운 인사이다.

그런데
"새해에는 복 많이 받으세요" 하면
지난해는 불행하였으니
새해에는 복을 많이 받으라는 것이니
조금은 서운한 인사이다.

그래서인지
인쇄된 연하장에 보면
"새해 복 많이 받으세요"라고 되어 있다.

'새해에는' 과 '새해에도' 사이가
이처럼 다르구나 생각하니
말하기 어려움을 깨닫게 되는구나.

아니 쓰곤 못 견디겠네

내 친구 산죽山竹이
산봉우리 위에 반듯이 올려진 해님이 너무 고와
혼자 볼 수 없다며 전화電話를 한다.
7월 17일 저녁 7시 27분이란다.

아내는
숨결 따라 노래가 흘러 나와
음치音痴인 줄 모르는 나를 가사歌詞 속에 묻는다.

어느 시인詩人은
산이면 산, 물이면 물, 어디든지 가본 듯하단다.

다 읽고 보니, 모두 내가 쓰고 싶은 시詩란다.
가본 곳을 읽으니 다시 가보고 싶단다.

하산霞山은
아무리 신비神秘의 경지境地에 이른 시詩라 해도
알아줄 오직 한 사람 없다면, 그는 가장 슬픈 시인詩人이란다.

가는 곳이면 어디든지 옛 분들 사는 모습 선하고,
뒤적이다 간신히 든 잠 깨어보니 지는 달님 창가에 머뭇거리고,

새벽길 산새는 나뭇가지에서 기다리고,
알아주지 아니 하는 작은 꽃은 길가에서 반겨준다.

꿈속에선 달 아래 우물 속 샘솟는 이야기를
한 바가지 한 바가지 길어 올리다가 잠이 깬다.

이러니,
아니 쓰고는 못 견디겠네
시詩 한 수首를.

아직은 살 만하구나

처음 가는 고장에서
점심 값을 낼 때

생각보다 맛있게 먹어
잘 먹었으니 만원을 받으세요 하니

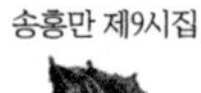

아닙니다, 오천원입니다,
감사합니다.

세상에 이런 일이 있으니,
아직은 살 만하구나.

유난히 빛나는 별 하나

강남등기소 일 마치고
선정릉 앞 남원추어탕집
들어가 앉으니 탕이 나온다.

"주문 아니 했는데" 하니
"오시면 늘 탕을 잡수시기에" 한다.
이처럼 날 알아주는 이 있으니 좋구나

어릴 적 캄캄한 밤하늘에
유난히 빛나는 별 하나
날 알아주듯.

잊었던 토요일

가자면 가고 오자면 오는 동아리와
마냥 걷고 느끼고 웃으며 즐겼다.

무령왕릉武寧王陵 유물遺物을 둘러보다가
왕王과 왕후王后의 관棺 앞에서 서로 웃었다.

공산성公山城 돌다가 겨울나무 사이로
비단 같이 고운 금강錦江 엿보았다.

소부리所夫里 구드래 나루에서 밤길을 걸으니
달은 구름 속에 숨고 불빛은 백마강白馬江에 잠긴다.

칠일七日 낮과 밤 동안 불타 버렸다지만
손길 발길 마음길 닿는 곳마다 빛난 얼 완연宛然하다.

화려華麗하지만 사치스럽지 아니 하고
검소儉素하지만 누추하지 아니 한 문화文化
(華而不侈 儉而不陋)

잊었던 토요일이
오늘 아름다운 추억追憶으로 솟아난다.

자꾸만 눈물이 흐른다

칠십이 가까워지니
자꾸만 눈물이 흐른다

기뻐서 눈물나고
슬퍼서 눈물나고

찬송讚頌 부르며 울고
음악音樂 들으며 운다

잘 사는 나라를 세우려는 영웅英雄들
드실 분 위하여 음식飮食 만드는 수라간 상궁들
남의 집안을 망亡해 주는 악당惡黨들
끈질기게 괴롭히는 난신적자亂臣賊子들.

연속극連續劇을 보며
부부夫婦가 함께 눈물 흘린다.

즐거운 하루

출근하면 갈 곳이 정해져 동서남북을
기차로 버스로 전철로 택시로
시간에 쫓기며
발 동동 구르며
계단 오르내린다.

그래도 아는 법무사나
나를 알아보는 법무사를 만나면
손잡아 건강을 진단하며
건강관리 잘 하셨소 인사를 나눈다.

어떤 분은
"아이고 저 어른 아직도 정정햐"
그 소리 뒤로 하고 손 뿌리치며 달린다.

누가 뭐래도
내 힘껏 다니니
힘들지만
나에겐 즐거운 하루이다.

지나고 보니

몸 둘 곳 없어 어쩔 줄을 몰랐던 일
분통이 터져 잠 못 이루던 기나긴 밤
지나고 보니 견디어냈구나

그리도 도도한 파도며
걷잡을 수 없는 눈보라
지나고 보니 견디어냈구나

이 어찌 내 힘이겠나
끝끝내 이끌어 주시는 주님
지나고 보니 알 만하구나.

혼자 있으면서도

혼자 있으면서도
혼자임을 느끼면 외롭다.

혼자 있노라면
누군가와 말하고 싶다.

말 주고받을 사람이 없으면
산다는 것마저 미칠 듯 괴롭다.

애당초 혼자가 잠시 함께 있어도
끝내는 혼자이고 마는 것 아닌가

혼자임을 느끼면
나무도 한 그루, 새도 한 마리만 보인다.

그러나 동행하심을 느끼면
즐겁고 기쁘다.

샛별처럼 빛나는 슬기를 닦아

– 축 모교 남양중학교 개교50주년

한남정맥漢南正脈 힘차게 달려
칠십리장성七十里長城을 남기며 서해西海로 잠기는
아름다운 반도半島 한 가운데 솟은 비봉산飛鳳山

그 한 자락, 옛 선비들 몸을 닦던 향교鄕校 터에
성현聖賢의 뜻 받들어
배움의 전당殿堂 아름답게 섰도다.

천여년千餘年 사찰寺刹 봉림사鳳林寺 종소리에
대자대비大慈大悲하신 여래如來의 손길 따스하고,

칠백여년七百餘年 회화나무 느티나무는
남양도호부南陽都護府 고운 이름 시작되었고,

육백여년六百餘年 향교鄕校 은행나무는
공부자孔夫子의 인의예지仁義禮智 옷깃을 여미게 하고,

이백여년二百餘年 성당聖堂과 교회敎會는
죄罪 사赦하여 주시는 하나님의 참 빛이 피 뿌려 밝혀진 고장

이 유서由緖 깊은 고장에

한국전쟁韓國戰爭이 남긴 상처傷處 아직 아물지 아니 한
그 암담暗澹한 때에

부형父兄님들 열성熱誠의 지게와 삽으로
터를 닦고 자갈을 나르며

어린 우리, 살얼음 속 자갈을 모으고
돌덩이, 고개 넘어 나르기도 하여

화강암花崗岩 견고한 배움의 전당殿堂을 세운 지
어언 반백년半百年이 되었도다.

메주고개, 삼부실 고개, 염치고개, 글판이 고개, 능고개, 성 고개,
고개고개 넘어 모여든 동문同門들

어버이는
낳아 기르시고

모교母校는
지식知識과 용기勇氣를 가르치고

우리는
샛별처럼 빛나는 슬기를 닦아

나라 안 방방곡곡坊坊曲曲,
지구촌地球村 나라나라마다

각계각층各界各層에
있어야 할 사람이 되어

역사歷史를 밝히는
횃불로 타고 있도다.

아, 영원永遠하여라 우리의 모교母校여!
아, 무궁無窮하여라 슬기로운 동문同門이여!

용기勇氣를 준 시詩 한 수首

고등학교高等學校 2학년 때(1956)로 기억되는 어느 날
화학化學을 아주 잘 가르쳐주신
선생님(별명은 똥지게)께서 떠나시는 마지막 시간時間 끝 날 때쯤
칠판漆板에 시詩 한 수首를 쓰셨다.

"그대 아끼게나 청춘을
이름 없는 들풀로 사라져 버림도
영원에 빛날 삶의 영광도
젊은 시간의 쓰임새에 달렸거니
오늘도 가슴에 큰 뜻을 품고
젊은 하루를 뉘우침 없이 살거나"

이 시詩가 그리도 좋아,
힘들고 외로우면 외로워 힘을 얻었고,
삶의 길에서 힘든 고개를 만나도
이 시詩를 외우면 용기勇氣를 얻었는데,
나이 칠십이 가까운 2004년 우연히 음식점飮食店에서
한 어르신에게 이 시詩를 암송暗誦하여 드리니,
그 어른이 바로 유명有名하신 허문회許文會 농학박사님이시라.
박사님께서 이 시詩는
유달영柳達永님이 지으신 것이라고 하시면서,

박사님께서 한문시漢文詩로 지으신 시까지 주셨습니다.

"靑春一日 청춘일일
可惜靑春與一生 가석청춘여일생
光榮世出或無名 광영세출혹무명
管在抱負用少時 관재포부용소시
當勵無悔勉學傾 당려무회면학경"

이를 일러 금상첨화錦上添花라 하던가

저 아름다운 백발은
– 조재억 장로의 고희연에

오늘 모여 찬송함은 칠순 맞은 장로님을 함께 축하함이라네

저 아름다운 백발白髮은 살아온 길, 의義로웠기에
주님 주신 면류관冕旒冠이라네

아! 영광榮光일세 영광榮光일세,
수원의 팔복산八福山 기슭에 자리한
수원제일감리교회水原第一監理敎會 조재억趙載億 장로님.

하나님의 사람 모세는
우리의 연수年數가 칠십이요, 강건康健하면 팔십이라도
그 연수年數의 자랑은 수고受苦와 슬픔뿐이라고,

만인萬人의 스승 공부자孔夫子는
일흔 살이 되어서야 내키는 대로 해도
법도를 벗어나지 않는다고
(七十而從心所欲不踰矩),

당唐나라 시인詩人 두보杜甫는
일흔 살 되기는 옛날부터 드문 일이라고
(人生七十古來稀) 읊었으나,

조 장로님이 고희古稀에 이른 것은
우리 주님, 아직도 부탁하실 일 남아선가 봅니다.

고구려高句麗 찬란燦爛한 문화文化의 꽃이 피어 흐르는
대동강大同江 유역流域 중화中和 땅에서
아버지 조완벽趙完璧 장로님,
어머니 한성찬韓成讚 권사님
삼남일녀三男一女 중 막내둥이로
첫 울음 소리 힘차게 울렸으리라.

주님 섬기는 의로운 부모님,
나라 사랑하는 큰 뜻 품고 가시는 길 따라
민족民族의 진정眞正한 아들, 안중근安重根 의사義士의
그 의거義擧가 아직 잠들지 아니 한 이국異國 하얼빈에서
송화강松花江 모래 위에
어린시절 천진난만天眞爛漫한 꿈을 쌓았으리라.

도적같이 찾아온 해방解放의 기쁨 속에
그리운 어버이의 고향故鄕 청진淸津에서
소학교小學校 중학교中學校 소박素朴한 꿈을 폈으리라.

북진北進을 계속하던 국군國軍이 후퇴를 거듭하여
깊은 산 속 마을로 피해 갔다가,
세상이 궁금해 누님과 성진成津에 나왔다가
중공군中共軍 내려오니 칠일七日만 피하라는
국군의 명령으로 피난행렬避難行列에 휩쓸려
눈보라가 휘날리는 흥남興南 부두埠頭를 울부짖으며 떠났노라.

거제도 지세포 바닷가에서 고아孤兒 아닌 고아孤兒로
이름 모를 해초와 해물로 배를 채우며, 주님을 찬양했으리라.
"멀리 멀리 갔더니 처량하고 곤하며
슬프고 또 외로워 정처 없이 다니니
예수 예수 내주여 지금 내게 오셔서
떠나가지 마시고 길이 함께 하소서"

군 복무를 마치고, 성균관대학교成均館大學校를 나온 법학사法學士
더 없는 주님의 은혜로다.

"내게 줄로 재어준 구역은 아름다운 곳에 있음이여
나의 기업基業이 실로 아름답도다." (시16편 6절)
한국전력, 공군 문관, 그리고 담배인삼공사는 나의 기업이로다.

부산釜山 수정산水晶山 기슭 범일동凡一洞에서 피어난
부산대학교재학釜山大學校在學중인 재원才媛,
그녀는 장로님의 뼈 중의 뼈요, 살 중에 살이신
윤정자尹正子 권사님
당신이 있는 것은 내가 있기 때문이며
내가 있는 것은 당신이 있기 때문이라며 둘이 한 몸을 이루었네

밤하늘에 반짝이는 별 삼형제三兄弟
땅 위에는 쌍쌍이 짝 지워진 딸 삼형제와 사위 셋이 아름다워라.

동강난 민족의 아픈 운명을 한 몸에 떠맡은
장로님은 보았으리라, 들었으리라, 그리고, 느꼈으리라.

남의 땅 빼앗는 섬 나라 악귀惡鬼들과,
하나님 두려워 않는 악당惡黨들을 몰아내 주시는
하나님의 전능全能하신 손길을 보았으리라.

총알이 지나가고 폭탄이 쏟아지는 속에서 울부짖는 소리와
한탄하는 소리 속에서 아직도 부르시는
하나님의 음성을 들었으리라.

산과 들은 피로 물들고, 너와 나는 서로 원수가 된 광야에서도
늦은 저녁, 이른 새벽 부르짖는 기도 응답해 주시는
하나님의 사랑을 느꼈으리라.

그래서
사랑하는 이 나라 젊은이들에게,
본대로 들은 대로 느낀 대로를 바르게 알려주리라.
이것도 주님이 부탁付託하실 큰 사명使命이리라.

주님의 크고 깊으신 뜻이라 헤아릴 수 없으나,
고향에 계신 부모님과 두 분 형님 그리워 조용히 기도드리면,
어머니는 다가오셔 손 잡아주시어
"내가 울 때 어머니는 주께 기도 드리고
내가 기뻐 웃을 때에 찬송 부르십니다."
터져 나오는 울음 얼마나 참았으리요.

돌아보면 이것이 나의 간증이라,
"여호와는 나의 목자시니 내가 부족함이 없으리로다.
그가 나를 푸른 초장에 누이시며,
쉴 만한 물가로 인도하시는 도다."
"나의 평생에 선하심과 인자하심이 정녕 나를 따르리니

내가 여호와의 집에 영원히 거하리로다.”

“주가 나와 동행을 하면서 나를 친구 삼으셨네
우리 서로 받은 그 기쁨은 알 사람이 없도다.”
찬송하며 걷는 한 걸음 한 걸음 주님 부탁하시는 일 이루소서 !

송홍만 제9시집

묻어 온 가랑잎 한 장

·

지은이 / 송홍만
펴낸이 / 김재엽
펴낸곳 / **한누리미디어**

100-845, 서울시 중구 을지로 2가 148-73
신화빌딩 401호
전화 / (02)2278-4513, 2268-4514
Fax / (02)2268-4524

·

등록 / 제16-467호(1993. 11. 4)

초판발행일 / 2005년 10월 15일

·

ⓒ 2005 송홍만 Printed in KOREA

·

값 7,000원

·

E-mail/hannury2003@hanmail.net

※잘못된 책은 바꿔드립니다.
※저자와의 협약으로 인지는 생략합니다.

·

ISBN 89-7969-277-3 03810